TORRES, LEYLA
EL FESTIVAL DE COMETAS /

2004.
375650015630 96    WIND

SONOMA COUNTY
OFFICIAL
DISCARD
LIBRARY

O9-AIF-779

# El festival de cometas

## LEYLA TORRES

MIRASOL / *libros juveniles*

Farrar Straus Giroux · New York

*Para Alejandra, Eliana y Andrés*

Copyright © 2004 by Leyla Torres
All rights reserved
Distributed in Canada by Douglas & McIntyre Ltd.
Color separations by Hong Kong Scanner Arts
Printed and bound in the United States of America by Berryville Graphics
Designed by Nancy Goldenberg
First edition, 2004
10 9 8 7 6 5 4 3 2 1

Library of Congress Cataloging-in-Publication Data
Torres, Leyla.
    [Kite festival. Spanish]
    El festival de cometas / Leyla Torres.— 1st. ed.
        p.   cm.
    ISBN 0-374-32299-6
    I. Title.

PZ7.T645718 2004

2003049227

**T**emprano un domingo por la mañana, Fernando y su abuelo estudiaban el mapa en la mesa de la cocina.

—¿A dónde vamos de paseo hoy, Abuelo? —preguntó Fernando.

—Veamos dónde encontramos una aventura de verdad —dijo el abuelo Félix—. Cierra los ojos y elige un lugar.

Fernando cerró los ojos y puso el dedo en el mapa. Al abrirlos, su abuelo y él se inclinaron para ver qué lugar había señalado.

—¡San Vicente! —exclamó Fernando—. Allá nunca hemos ido.

Mamá empacó un almuerzo con pollo asado, pan de maíz, mandarinas y limonada, junto con platos, tazas y servilletas de papel. La abuela Felisa preparó su deliciosa salsa picante y la puso en la canasta del almuerzo. También decidió llevar los guantes que tejía y estaba a punto de terminar. Papá metió el mapa en la camioneta y revisó que ésta tuviera suficiente gasolina. Fernando llevó sus lápices de colores y papel para dibujar en el viaje, y su hermanita menor, Flora, llevó su osito con ruedas.

A medida que la familia Flórez bajaba por la sinuosa carretera de montaña, el aire se iba haciendo más tibio y fragante. En vez de los eucaliptos y cipreses de las regiones altas, el paisaje se veía punteado de árboles: guayabos, naranjos y bananos.

—¡San Vicente a la vista! —anunció Papá al dar una curva. A lo lejos, los techos anaranjados de tejas de barro resplandecían bajo el sol de la mañana.

—¡Mira, Abuelito! —exclamó Fernando—. ¡Mira todas esas cometas!

En la plaza del pueblo, niños y adultos hacían preparativos para participar en un festival de cometas. Fernando no se imaginaba que hubiese cometas tan diversas.

—¡Es una lástima que no hayamos traído una cometa! —dijo Florencia, la mamá de Fernando.

—Apuesto a que conseguimos una —respondió el abuelo Félix con una pícara sonrisa.

—¡Mira! Hay un puesto de ventas al otro lado de la plaza —dijo Fernando.

Fernando y su abuelo se dirigieron al puesto de la vendedora.

—Buenos días, señora, ¿vende usted cometas? —preguntó el abuelo Félix.

—No, lo único que tengo son estos palos de caña en caso de que a alguien se le rompa la cometa. Hoy domingo no hay tienda que esté abierta.

—Bueno, entonces nos llevamos tres palos —dijo el abuelo.

—¿Qué vas a hacer con ellos? —preguntó Fernando.

—Ya verás hijo, ya verás —respondió el abuelo Félix.

—Florencia, ¿podemos usar la cuerda del osito de Flora? —preguntó el abuelo Félix.

—Por supuesto —respondió Mamá.

La familia Flórez se sentó en los escalones del frente de la iglesia a observar lo que hacía el abuelo Félix. Primero, cortó pequeñas muescas en los extremos de los palos de caña. Luego, ató los palos por el centro con un trozo corto de cuerda. Por último, ató otro trozo de cuerda a una de las muescas y fue conectando los extremos de los palos para tensarlos y fijarlos en su posición.

El abuelo Félix se rascó la cabeza. —Aquí tenemos el armazón, pero ahora tenemos que encontrar un trozo de papel grande para hacer la vela.

Mamá rebuscó en su bolso. —¿Y si desdoblamos este mapa? ¿Alcanzará para cubrir el armazón?

—¡Claro! —dijo Fernando—. Y lo podemos decorar con mis colores.

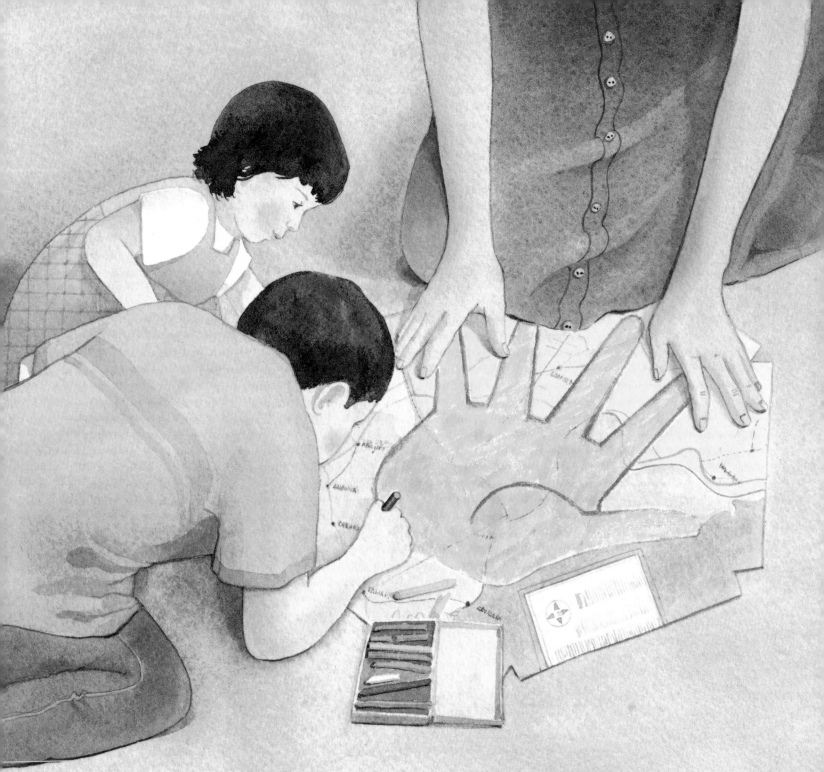

El abuelo Félix extendió el mapa en el suelo y lo cortó al tamaño adecuado, dejando papel de más en los bordes para plegar sobre el armazón. Con la ayuda de la abuela Felisa, Fernando dibujó una mano en el papel y la rellenó de color.

—¿Cómo vamos a pegar el papel al armazón? —preguntó Fernando.

El abuelo Félix se dirigió a papá. —Francisco, ¿tienes cinta adhesiva o pegamento en tu caja de herramientas?

Papá fue a la camioneta y buscó en su caja de herramientas; también buscó bajo los asientos y en la guantera.

—Miren, encontré cuerda para la cometa, pero no encontré cinta ni pegamento.

Por unos segundos todos se quedaron en silencio.

—¡Ya sé lo que podemos usar! Venditas adhesivas del botiquín de primeros auxilios —dijo Fernando. Entonces, se fue de prisa con su papá a la camioneta a buscarlas.

—¡Rápido, Abuelito! —dijo Fernando mientras ayudaba a su abuelo a pegar la vela en su sitio.

Luego, el abuelo ató dos trozos cortos de cuerda al armazón para formar el frenillo. Cuando terminaba de atar la cuerda a la cometa, se oyó una voz por el altoparlante.

—¡Damas y caballeros, bienvenidos al segundo festival de cometas de San Vicente! ¿Ya están listos todos? ¡Lancen sus cometas a las nubes!

—Bueno, aquí vamos —dijo el abuelo Félix—. Esperemos que nos funcione.

De pie junto a su abuelo, Fernando agarró la cuerda. Mamá se puso de pie frente a ellos sosteniendo la cometa en alto. Una ráfaga de viento sopló por la plaza, y el abuelo Félix dio la señal. Mamá soltó la cometa y ésta despegó rápidamente moviéndose en círculos, pero pronto volvió al suelo.

—A su cometa le falta la cola —dijo un señor que pasaba cerca—. Sin la cola no se puede estabilizar en la brisa.

—¡Por supuesto que tiene razón! —exclamó el abuelo—. ¡Se nos olvidaba la cola!

—¿Cómo conseguimos una cola? —preguntó Fernando.

—Podemos hacer una cola de lazos con servilletas de papel —respondió el abuelo.

En un dos por tres fue haciendo una cola, atando con cuerda algunas servilletas de las que tenían en la canasta del almuerzo.

Con una larga cola fija en su lugar, la cometa se volvió a remontar.

—¡Ay ay ay! —Fernando soltó la cuerda al sentir que le cortaba la mano, y de nuevo la cometa se vino en picada al suelo.

—¡Ay, caramba, así no se puede! —dijo el abuelo Félix—. ¿Cómo podríamos protegerte las manos?

—Mira, niño, ponte esto —dijo la abuela Felisa ofreciéndole los guantes que estaba tejiendo—.
Al izquierdo todavía hace falta terminarle el dedo meñique, pero no importa, te servirán para
protegerte las manos.

Cuando el viento sopló de nuevo, Mamá soltó la cometa otra vez y ésta se fue elevando con fluidez hacia el cielo.

De pronto el viento cambió de dirección y la cometa se dirigió hacia un alto árbol. Fernando y su abuelo tiraron en dirección opuesta, pero no pudieron controlarla, y la cola se enredó en una de las ramas más altas.

Desilusionado, Fernando dio una patada en el suelo. —¡Ay, ahora se nos dañó la cometa!

Con mucho cuidado, Papá se encaramó por las ramas, pero no pudo alcanzar la cola para desenredarla. Agarró la cometa con una mano y tiró con suavidad. Los lazos de papel estaban enredados sin remedio, y la cola se rompió.

—Nos tocará hacer otra cola —dijo Mamá.

—Sí, ¿pero con qué? —replicó el abuelo Félix.

—¿Qué tal si usamos tu cinturón de tela? preguntó la abuela Felisa señalando la falda de Mamá.

—La verdad es que no sé si me gusta esa idea —replicó Mamá mirando hacia el árbol—. No sé si quiero que se me quede enredado allá arriba. ¡Este cinturón es mi preferido!

—No te preocupes, Florencia —dijo el abuelo—. No se nos va a perder; además, quien no arriesga un huevo, no cría un pollo.

Una brisa suave del oriente elevó la cometa con su nueva cola hecha con el cinturón de mamá.

De repente, la cuerda de la cometa de Fernando se cruzó con la de otra cometa que se remontaba cerca.

—¡No tires de la cuerda, Fernando! —advirtió el abuelo—. Se puede romper.

Por un instante, la cometa de Fernando titubeó vacilante, haciendo ademanes de irse en picada otra vez. Actuando rápido, Fernando se dirigió hacia la niña que piloteaba la otra cometa y entonces ella pasó agachada por debajo de la cuerda. Se había evitado un desastre, y los dos se sintieron aliviados.

La cometa de Fernando ganó altura nuevamente. Pronto encontró una corriente de aire ascendente y se dejó llevar suavemente por la brisa. Toda la familia fijó sus ojos en esa mano diminuta que parecía saludarlos desde las nubes. Mamá sirvió algo de comer mientras todos se turnaban en sostener la cuerda un rato. Así, la familia Flórez perdió la noción del tiempo.

El sol estaba ya poniéndose en el horizonte cuando Fernando comenzó a recoger a brazadas la cuerda para bajar la cometa. A medida que descendía con lentitud, niño y cometa jugaban; él jalando hacia abajo y la cometa tratando de remontarse. Tras Fernando, su familia fue enrollando la cuerda suelta. Al fin la cometa sobrevoló ya muy cerca, y con un último y ligero tirón, cayó suavemente en el suelo.

El alcalde de San Vicente le dio un premio a la cometa más linda y otro a la que voló más alto, pero también anunció que la cometa de la familia Flórez había sido la más original. Ellos subieron al podio y Fernando levantó la cometa para que todos la vieran. La gente aplaudió, y el alcalde le dio un apretón de manos a cada miembro de la familia y les ofreció como premio una cesta de naranjas.

De regreso a casa, la familia Flórez subió por las lomas en su camioneta.

—Abuelito, ¿cómo es que sabes tanto de cometas? —preguntó Fernando.

—Cuando era niño hice muchas cometas. Las hacía con mi papá, y luego las vendíamos juntos todos los lunes en la plaza de mercado.

—¿Vamos a volver el año que viene al festival de cometas?

El abuelo Félix le sonrió a su nieto. —¡Por supuesto, hijo! Podemos regresar todos los años.

# Construcción de una cometa hexagonal

En diferentes países de habla hispana se usan diversas palabras para referirse a una cometa. Este juguete se conoce también con nombres tales como: *estrella, birlocha, papagayo, papalote, coronel, chichinga, barrilete* o *volantín*. No importa qué nombre se le dé, con la ayuda de un adulto, es fácil construir una cometa de seis lados.

**Materiales**   3 palos de madera (pueden ser de ciprés o de cañas de bambú o de güin), de 28 pulgadas de largo, 1/2 pulgada de ancho y 3/16 de grosor; con muescas cortadas en cada extremo · Por lo menos 125 pies de cuerda resistente pero delgada · Un trozo de plástico cuadrado de 32 pulgadas de lado (puede tomarse de una bolsa plástica) · Cinta adhesiva de vinilo para empacar · De 1 a 5 tiras de plástico de 2 pulgadas de ancho por 8 pies de largo

## Para construir el armazón

**1.** Ate por el centro los tres palos de madera con un trozo de cuerda de unas 8 pulgadas. Coloque los palos de tal manera que formen un hexágono perfecto (a un ángulo de intersección de 60 grados).

60 °

**2.** Corte un trozo de cuerda de unos 8 pies. Ate un extremo de esa cuerda a una muesca de uno de los palos. Lleve la cuerda hacia del siguiente palo y fíjela a la muesca dándole una vuelta a la cuerda. Continúe conectando los palos de esta manera, tensando la cuerda lo suficiente para fijar los palos a un ángulo de 60 grados, pero no tanto que haga que el armazón se doble.

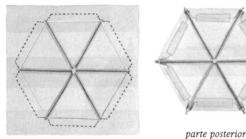
*parte posterior*

**3.** En una superficie plana, extienda el plástico cuadrado y coloque el armazón sobre el plástico. Directamente sobre el plástico, dibuje un hexágono que sea 2 pulgadas más grande que el armazón; este borde de más formará las pestañas a doblar. Retire el armazón y corte la figura hexagonal que acaba de dibujar. En cada esquina, haga un corte haciendo un ángulo como lo muestra la ilustración. Para sujetar el plástico hexagonal al armazón, se doblan las pestañas hacia adentro pasándolas por encima de la cuerda tensada y se fijan con la cinta adhesiva de vinilo.

## Para hacer y fijar el frenillo

**4.** Para formar el frenillo, corte un trozo de cuerda de unas 32 pulgadas. Ate un extremo de la cuerda a la muesca de uno de los palos y el otro extremo a la muesca del palo adyacente del armazón. Luego corte un trozo de cuerda de 18 pulgadas y ate un extremo al centro del armazón. Haga un pequeño agujero en el centro de la vela. Por ese agujero pase toda la cuerda que acaba de sujetar al centro para que quede al lado frontal de la cometa. Luego, lleve la cuerda de 32 pulgadas al lado frontal también. Una el extremo de la cuerda de 18 pulgadas al centro de la de 32 pulgadas.

## Para fijar la cola

**5.** Corte un trozo de cuerda de 20 pulgadas. Esta cuerda se ata de manera que conecte dos extremos adyacentes de los palos del armazón opuestos al lado donde puso el frenillo. Ate la cola (de 1 a 5 tiras de plástico de 2 pulgadas de ancho por 8 pies de largo) anudándola en el centro de esta cuerda.

**6.** La cuerda con que se elevará la cometa se ata al centro de los tres brazos del frenillo. Por último, lleve su cometa a un terreno abierto en un día de brisa y ¡échela a volar!

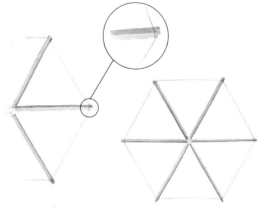
*frente*
*cuerda de 32"*
*para el frenillo*
*cuerda para elevar*
*cuerda de 18"*
*centro de la cometa*
*cuerda de 20"*
*cola*